前　言

你敢来考美院，一定看过许多相关书籍画册，有引导过你，启蒙了你的老师，你已打开了另一片天地；并且可能有过考试失败的经历，但你仍然勇往直前，不畏惧挫折，所以你阅读本书。

这套画册，集中了我们几年来辅导过的考生的优秀作业以及我们的一些教学经验。这些作者，部分已是中央美院的本科在校生，部分今年专业已获通过，正摩拳擦掌准备六月的文化考试，等待八月命运揭晓，基本上作业的水平反映着考试的结果。由于我们自己就曾是考生，也将美院视作自己追求的梦想，与所有考生经历过相同的期待、挫折、怀疑和信念，因此，当我们处于教学的位置，做具体的工作，发现自己置身于美院与考生的中间，思考两端的问题，所以能深深体会着考生的处境和困惑。

由于是过来人，我们对各种解释神秘天才之类的神话不太有兴趣，因为决定成败的因素并不神秘。首先，梦想是你点燃行动、启发才智的开端，恐惧却是熄灭动力的致命障碍。如果你心中已有梦想，除此之外别无他求，那么，抛弃恐惧，决心学习必要的知识，随时准备接受任何挑战，义无返顾的去为未来而奋斗；如果这是你现在的状态，那么，我们的这套画册所给予你的，正是你最需要的。

——余　陈

（中央美院基础部教师）

关 于 素 描

了解规则：

你一定从你老师那里，从你读过的画册中经常听到见到"大关系"、"对比"、"整体感"这些词，而且肯定还将一再听到它们。这些词之所以反复出现，说明这里面确实存在着某种规律性的东西，某种原则、某种秩序与理念——这就是造型的规则。借助它，你才能清楚现在身处的位置，以及进入更高的层次。因此，你必须理解它，接近它，发现它的规律，使之为你服务，成为你超越自我的力量。

考什么：

考生的素描写生水平参差不齐，并且个人也带来种种路数。市面上可见到的辅导材料已无所不有，各类风格样式几乎摆满了书架，与此同时，考生也带来了这样那样的疑惑："美院要啥口味？""东北风格让美院烦？""美院是不是不喜欢湖南考生死抠？"。只是你奔美院而来，想一想那让你激动的原因，拦都拦不住，定有如此的理由。种种原因姑且不问。但应该问的是：四个小时画一张半身人像，美院要考你什么？要你具备什么条件和素质？

当然，一纸考卷反映不出你懂不懂美术史，了解多少流派，知不知佛洛依德，会不会丢勒，这些知识和故事你固然已读了不少，并且营养着你的素质。很好！但这仍不是问题的关键。也许，你反过来回想一下，你看过的有关美院本科生及附中学生素描成绩展览和画册，它们其实就足以反映出一个清晰整体的面貌－－－写实，写实即可，简单朴素的原则。

在以它为标准的基础上，写生时间可长可短，深入内容可繁可简，空间体积感可强也可倾向平面，造型特征可准确也可偏差。东北风格抑或湖南口味也不是大事。偏差其实也证实着标准的必然，反之标准也催生偏差。而问题的问题是：你只有四小时长，只有四开纸大，这张纸上要留下些什么？得舍去些什么？才能使模特对象在你的画面上既对又象？在四小时里漂亮地做到这点，你需要做的是：动脑筋印证，花力气操练，同时必须思路明确，为此我们整理出一套基本公式，以半身像为准：

一、 确定模特大的比例关系，反复对照，使模特与画面形象基本吻合。

二、 确定明暗关系，凸现体积感。

三、 确定固有色，找准深色块，以控制灰色，拉开色块层次。

四、 以五官为塑造点进行深入，带动全局。

五、 协调整体关系，抓住画面的总体印象。

划定范围：

这就框定了你平时训练的范围：

一、 12小时类型的素描写生：训练中级阶段塑造能力。

二、 4小时类型的素描写生：训练高级阶段整体归纳的能力。

美院用于本科生基础教学的长期素描写生，不在此范围，两者任务不同。高考立足于基础的基础，着眼于吸收广泛知识的同时必须选择有利于4小时考试的表现，那就是整体归纳的能力。要想利用这4个小时的机会脱颖而出，你就必须表现足够明晰厚实的东西：一种抓大形体的能力。发现丰富、归纳复杂、协调矛盾、整合印象，最终用你画面表现高度浓缩了的形象。扎根于此、明确根本、步步为营、各个击破，就便于逐渐解决其他问题。

应用规则，展翅欲飞：

具备了扎实的造型能力－－－－写实基本功，你才能突破局限，所以在学习过程中得放开手脚、大胆尝试、敢于表现、敢于确定、敢于犯错、敢于反省，无非是画坏画砸、丢人现眼、多几个来回而已，只有在考前多几回失败，才能保证你考场上最后的成功。

　　这幅作品应产生于考前阶段，此时这位学生已较好地掌握了各方面的基本功，回头再画头像，画面呈现出了流畅的表现力，形象被表现得丰富、朴素、概括。这是有效综合了所学知识（比如速写、全身及半身像）的结果。

　　这是明显的训练基本功的作品。此时的任务就是找画面必须的东西，画准形象，画对关系。只有注意力集中于此，才能熟悉它们，以便往后学习概括形象时知道该留住什么，该舍去什么。

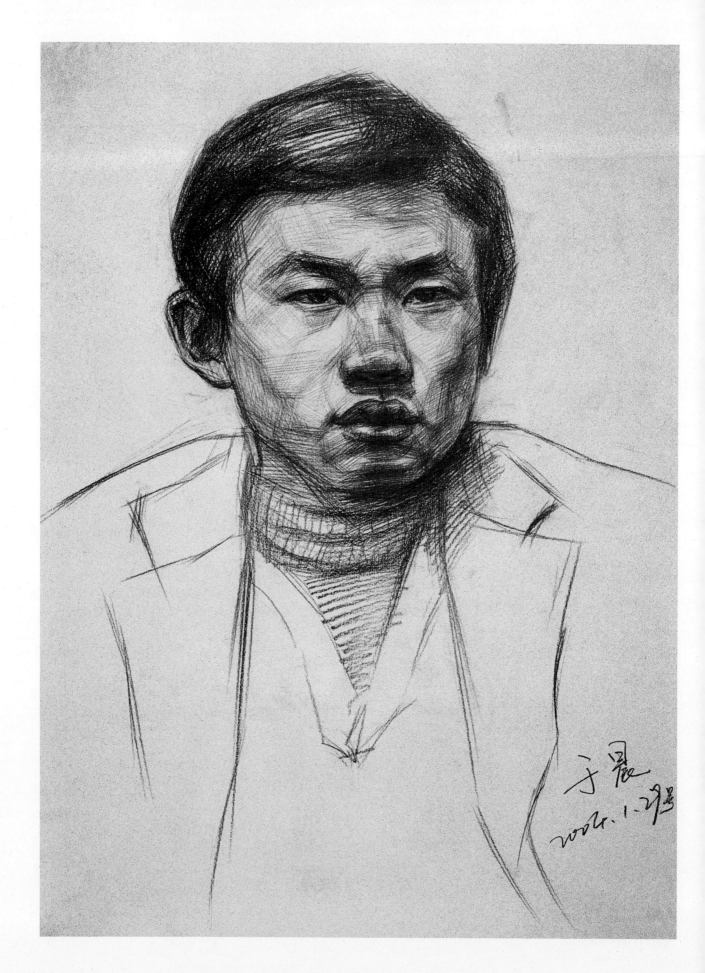

　　放开来画，总能看见、能肯定、能表现饱满的形象。其实，这些形象之所以被表现出来，正反映着你自如的状态，也是自我肯定的体现。

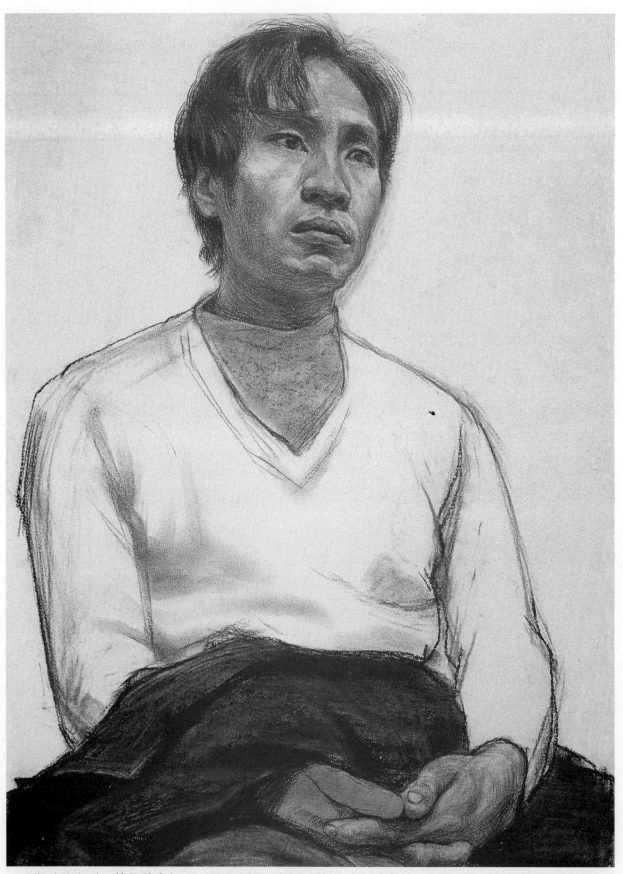

　　塑造脸和手，简化其余部分，用线及调子有机地结合，也可使画面做到完整，但关键得有很好的造型能力。在此，我们透过半身带手像能看见作者的速写及全身写生的扎实基本功。

　　多数学生这样那样的素描知识都会些，就是缺乏方向，不敢确定明暗关系、不敢拉开固有色关系、不能肯定形象特征。反过来，也就不知道在抓整体关系时，有什么东西需要概括，画面杂乱无章，体现的是去向不明。而这张画解决了这些问题，将形象明确起来，将画面最基本的关系理顺，便于进一步解决其他问题。

这张画可能在临考前完成。透过脸和手的部分，你能看出作者不错的塑造水平。实际上作者无意中显露了用线条画轮廓的能力。这该是她的长处，适合考国画专业。

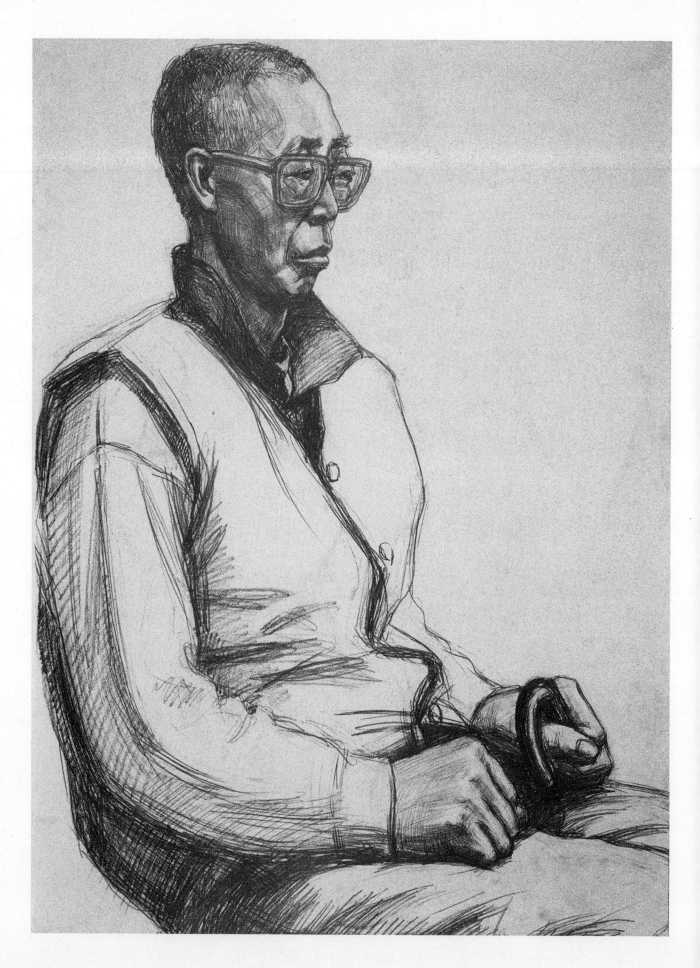

画面表现得如此明确肯定，重要的是敢画，潜能才得以发挥。受挫总是源于恐惧，因此，勇敢地下笔是突破的关键。

　　整个人物动态都表现得流畅概括，抓住了整体的节奏感，且不失细节上的内容，比如脸和手，用恰当的线条表现了恰当的形象，这可是得益于速写。

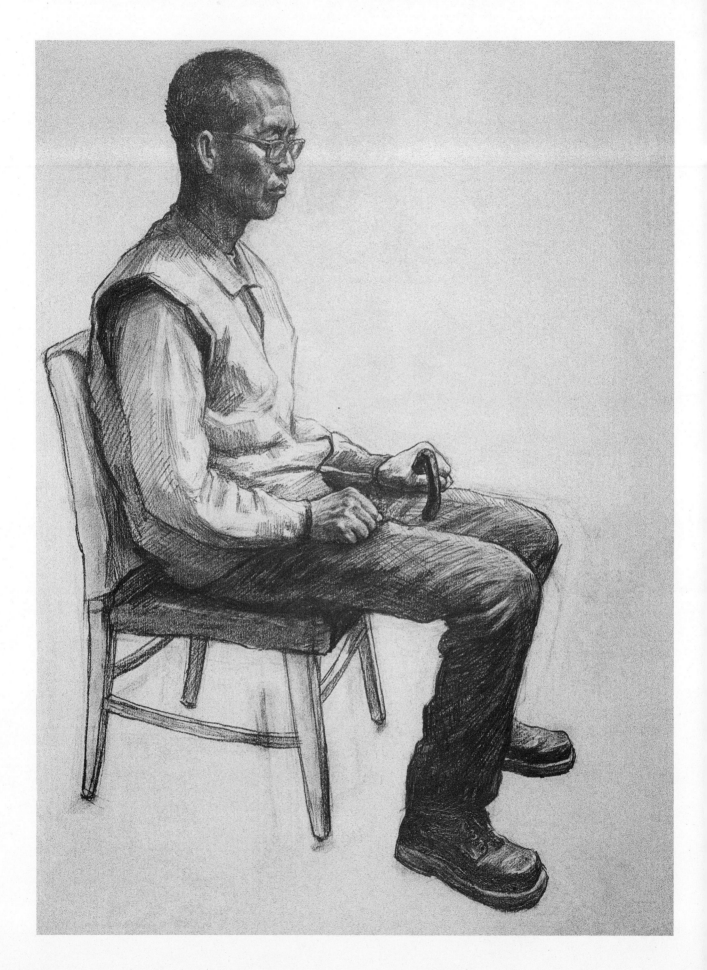

其实，这幅画的缺陷隐藏在左胳臂部分。好在其他部分都画得非常之好，分散了我们对它的注意。

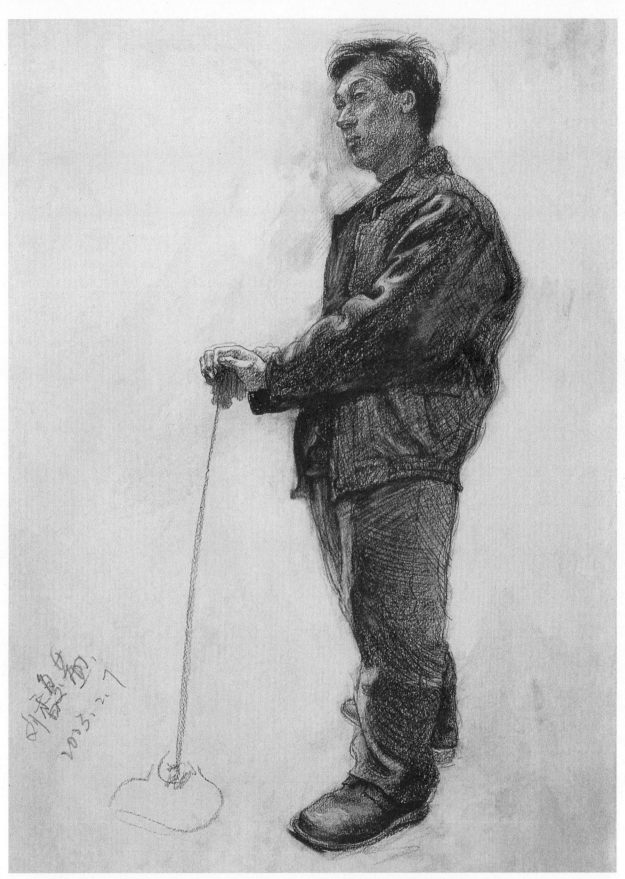

　　提前切入到全身动态写生，与速写结合起来训练，熟悉并掌握人物的比例、结构、动态，这样返回半身带手写生时，就能自如地把握整个画面关系，从容地抓住要害环节，从根本上解决问题。

　　用体块的概念看模特，是训练自己体块意识以获得厚度感的重要部分。与此同时，通过与速写的结合，可加深同学对整体形象的理解，将大大有益于把握半身带手人像。

　　多漂亮的4小时素描全身像！当然，模特形象是先决条件，而倘若没有扎实的造型基本功，不明确该突出什么，如何能发现并使用恰当的方法？这幅画有别于女孩全身像的原因，是老人的特征，它抓住了这个关键。

　　形象及动态充分应用了明暗关系，以恰到好处的调子表现了层次，凸显出光感，明确地概括了整体形象，抓住了动态的透视点。

　　这样的作品需要稍长的时间，只要同学的眼睛既能看见丰富的东西，又能画出层次关系，我们宁肯它暂时不够整体，以便发现差异性，以备训练整体概念时画面不会导致空洞。

　　这张画差不多快象速写了。借助模特着深色衣服就已经简化了复杂关系，如此，画面就产生了感性的视觉效果。看来，生动性多少具有速写的特点。